101

COSAS QUE DEBERÍAS SABER SOBRE LOS

PIRATAS

Flying Frog Publishing

© 2016 SUSAETA EDICIONES, S.A.
This edition published by
Flying Frog Publishing
Lutherville, MD 21093
Made in India.

101

COSAS QUE DEBERÍAS SABER SOBRE LOS

PiRATAS

Contenido

Soy un pirata

1 El Caribe, nido de piratas

Desde mediados del siglo XVI hasta aproximadamente el año 1720, la piratería se extendió por el mar Caribe y el océano Atlántico. ¡Los piratas llegaron incluso a dominar grandes territorios! En este período se gestaron sus mayores aventuras y hazañas. Los puertos caribeños hervían de piratas deseosos de embarcar junto a algún gran capitán y conseguir enormes tesoros. Hasta el siglo XIX asolaron mares y puertos en América.

2 Un clásico pirata

Un verdadero pirata vestía con camisa, chaleco o casaca y pantalones bombachos; en la cabeza, un sombrero oscuro o un pañuelo le protegían del sol, e iba armado con una espada y varias pistolas… aunque también solía llevar un cuchillo bien escondido. Era intrépido y valiente, gran aficionado al juego y al ron, ¡y también era un experto tramposo! Soñaba con la libertad y vivía por ella.

3 «Accesorios» característicos

Los piratas solían sufrir heridas y mutilaciones durante sus combates y en las tripulaciones no era raro encontrar hombres con un parche en un ojo, una pata de palo o un garfio en vez de mano… Les gustaba llevar collares de oro, pendientes y tatuajes. A menudo adoptaban una mascota, por lo general loros y monos.

4 Focos de piratería

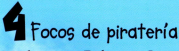

Madagascar, Bahamas, Jamaica y la isla de la Tortuga se convirtieron en un hervidero de piratas. En la zona del Caribe tenían un enemigo principal: los españoles, cuyos barcos saqueaban en cuanto tenían ocasión. Tanta era la importancia de los piratas que a veces ellos mismos gobernaban las islas, pese a que eran «propiedad» de ingleses o franceses.

¿SABÍAS QUE...?

Los piratas, al contrario de lo que se ve en las películas, no solían ser buenos espadachines. De hecho, preferían armas más contundentes, como el hacha o la pistola.

5 Amigos de lo ajeno y enemigos de todos

Los piratas eran, por lo general, marinos desarraigados que surcaban los mares a la caza de barcos, fundamentalmente españoles y portugueses, que transportaban mercancías preciadas desde los puertos de América.

6 El mapa del tesoro

En el Caribe hay muchísimas islas e islotes y, aunque no era lo habitual, algunos piratas elegían cuevas remotas o grutas subterráneas naturales como depósito para los botines conseguidos. La tripulación mantenía su paradero en secreto y, si el barco era hundido en combate, esos tesoros quedaban abandonados y olvidados. A veces aparecía un mapa extraño, quizás de un superviviente de alguna tripulación, que mostraba la ubicación exacta de un tesoro. Si caía en manos de un capitán pirata, ¡seguro que zarpaba en su busca de inmediato!

7 Corsarios y piratas

El auténtico pirata no respondía a ninguna bandera o nacionalidad y se dedicaba a saquear a lo largo y ancho del mundo. El corsario, en cambio, tenía un permiso real que le otorgaba alguna nación, llamado «patente de corso», que le permitía piratear barcos de países enemigos. El corsario siempre tenía que entregar a su rey un porcentaje de las ganancias. Muchas veces, cuando el país le retiraba este permiso especial, el corsario seguía surcando los mares de forma independiente y se convertía en un pirata más.

8 Bucaneros

Los bucaneros provenían de la isla de La Española, donde se dedicaban a la caza y al comercio de carne con los barcos que hacían escala allí. Cuando los españoles les expulsaron a la vecina isla de la Tortuga empezaron a dedicarse al saqueo y el pillaje de embarcaciones y posesiones españolas. Estos «piratas de tierra» eran crueles y despiadados y, aunque no eran grandes marinos… ¡dominaban con maestría las armas de fuego!

9 Filibusteros

Los filibusteros también procedían de La Española, aunque la mayoría acabó en la isla de la Tortuga. Eran piratas libres que nunca se alejaban de la costa. Navegaban cerca de esta bordeándola y atacaban y saqueaban las localidades costeras.

10 La piratería en la historia

Aunque la más conocida es la del Caribe, el documento sobre piratería más antiguo data del siglo XII a. C. y narra hazañas y aventuras de piratas en los mares Egeo y Mediterráneo. Ha habido a lo largo de la historia piratas fenicios, griegos, vikingos, turcos, bereberes… ¡Es probablemente una de las «profesiones» más antiguas de la historia!

La organización a bordo

11 Circunstancias difíciles

Los marinos de los siglos XVI, XVII y XVIII tenían que enfrentarse a muchas dificultades durante sus viajes: el sol abrasador, el frío de la noche en alta mar, tempestades, falta de higiene, enfermedades, motines, naufragios, escasez de agua y de comida… Los cargueros transportaban productos de los que se podía sacar una buena suma: oro, piedras preciosas, telas, café…

12 Los piratas preferían los barcos ligeros.

Los capitanes elegían barcos pequeños, rápidos y con facilidad de maniobra para que les fuera más fácil dar caza a los pesados cargueros llenos de riquezas. A veces otros barcos de guerra zarpaban para hundir un barco pirata y este tenía que escapar a toda vela. ¡Una persecución marítima a toda velocidad podía llegar a durar horas e incluso días!

13 Una buena tripulación

Antes de zarpar para buscar un tesoro o interceptar un barco lleno de mercancía valiosa, el capitán debía reclutar una tripulación de entre 30 y 50 piratas para manejar el barco. El contramaestre o primer oficial le ayudaba a elegir a los mejores hombres disponibles y coordinaba los preparativos del navío para zarpar.

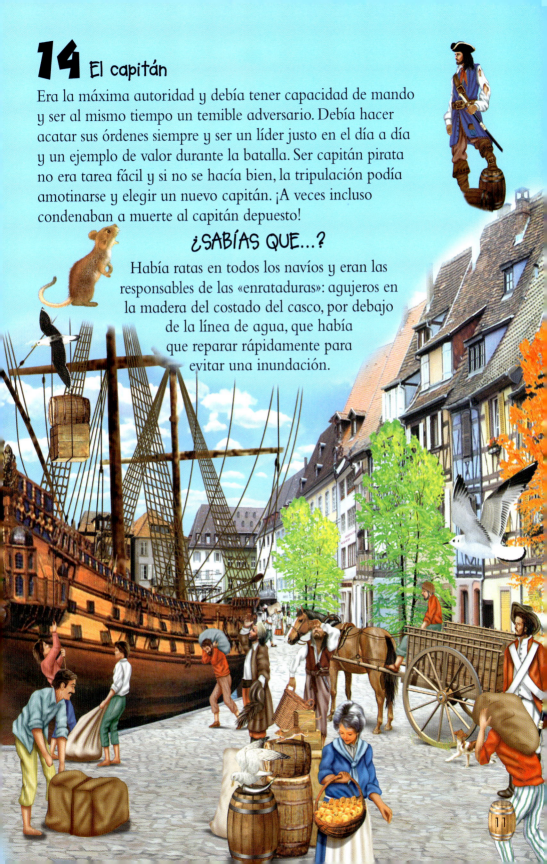

14 El capitán

Era la máxima autoridad y debía tener capacidad de mando y ser al mismo tiempo un temible adversario. Debía hacer acatar sus órdenes siempre y ser un líder justo en el día a día y un ejemplo de valor durante la batalla. Ser capitán pirata no era tarea fácil y si no se hacía bien, la tripulación podía amotinarse y elegir un nuevo capitán. ¡A veces incluso condenaban a muerte al capitán depuesto!

¿SABÍAS QUE...?

Había ratas en todos los navíos y eran las responsables de las «enrataduras»: agujeros en la madera del costado del casco, por debajo de la línea de agua, que había que reparar rápidamente para evitar una inundación.

15 El contramaestre

Era la mano derecha del capitán y el gestor: repartía las ganancias de los asaltos, ejecutaba los castigos y racionaba la comida y la munición. Cuidaba de que el código de conducta se cumpliese a rajatabla, bajo pena de castigo, y era el administrador económico del barco. Era también quien decidía qué parte del botín se cargaba en la embarcación y en qué lugar.

16 El carpintero

Era un miembro importantísimo de la tripulación, una persona especializada en carpintería. Cuidaba y reparaba el casco del barco, el mástil y otros elementos clave de la nave. Era muy respetado entre la tripulación: ¡sin él el barco podía irse a pique!

17 El cirujano

También era conocido como «físico» y era otro de los miembros más respetados. El cirujano no siempre tenía conocimientos de medicina y a veces solo ofrecía remedios y curas básicas; aun así, eso era mejor que nada. Cuando no había un cirujano a bordo, ¡se encargaban de las amputaciones el carpintero o el cocinero!

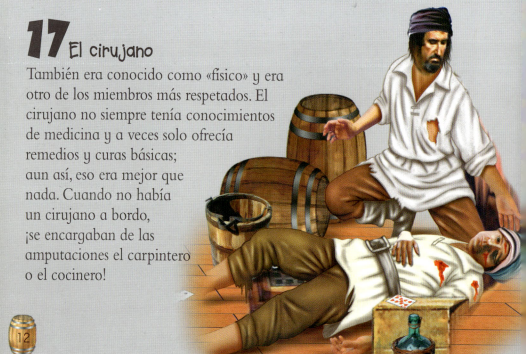

18 Los artilleros

Con los cañones se apuntaba prácticamente a ojo: los artilleros con experiencia que llegaban a dominar este arte eran esenciales en cada batalla. Antes de abordar una embarcación, el artillero usaba los cañones para destrozar el aparejo y el palo mayor de la nave enemiga. Una vez detenido el barco, para facilitar su abordaje se disparaba metralla con el fin de despejar la cubierta.

19 Oficial de derrota

No siempre había uno, pero era importante. Este oficial experto en cartografía y navegación era el encargado de interpretar la posición del sol y las estrellas para ubicar el barco en un mapa. Si no había oficial de derrota, el capitán o el contramaestre se encargaban de esta tarea.

20 Marineros rasos

Obedecían las órdenes de sus superiores, realizaban las guardias y se ocupaban de limpiar los cañones y las cubiertas. Debían tener sus armas siempre a punto para entrar en combate en cualquier momento y se les castigaba si no lo hacían.

21 Músicos

En los barcos era frecuente que hubiese algún músico y su labor casi siempre era la de transmitir mensajes por medio de sonidos usando un tambor o una trompeta. Así se podían dar órdenes comunes a toda la tripulación. Como en el barco también se cantaba a menudo mientras se trabajaba, los músicos acompañaban con su instrumento.

22 Código de conducta

Las normas de convivencia eran muy similares en los barcos piratas, pero algunas variaban levemente, sobre todo en lo referente al reparto de los botines. Cada capitán ofrecía lo que le parecía conveniente, pero en general hacía el reparto de una forma equitativa y transparente, ya que dentro de la tripulación se aplicaba la pena de muerte a cualquier estafador.

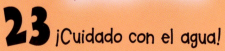

23 ¡Cuidado con el agua!

El agua dulce almacenada en barriles de madera se corrompía al pasar un tiempo y podía ser foco de infecciones. Por suerte, los nativos americanos les enseñaron a los piratas que si le añadían harina de maíz, el agua volvía a ser potable.

24 Piratas democráticos

Los capitanes solían elegirse por votación y así podían ser también depuestos, de manera que un capitán tenía que hacerse respetar y ser justo en sus decisiones para conservar su cargo. Si el capitán asumía también la tarea de oficial de derrota del barco, su puesto era un poco más seguro: ¡la tripulación temía no saber volver a tierra sin él!

25 Las provisiones de alimentos

La alimentación de la tripulación durante el viaje era muy pobre; se basaba en galletas, carne ahumada y en conserva, pasas… A menudo llevaban gallinas para que pusiesen huevos y pescaban siempre que podían. ¡Pero apenas comían fruta y verdura! En la bodega del barco se guardaban barriles con agua, cereales, legumbres… ¡y ron, por supuesto!

26 Unas galletas poco apetecibles

La auténtica base de la dieta pirata era un tipo de galleta de pan durísima que se llenaba rápidamente de gorgojos y larvas… Para «limpiarlas» de insectos, ponían un pescado grande encima del saco de galletas y, cuando se llenaba de gusanos, lo cambiaban por otro hasta que ya no quedaban más. Aun así, convenía sacudir bien las galletas antes de comérselas, por si acaso…

27 Un gran enemigo: las cucarachas

Estos insectos estropeaban gran cantidad de víveres; eran una auténtica plaga en los buques. Aparte de transmitir mal olor a todo lo que tocaban, roían la ropa y los libros. Los piratas solo podían acabar con las plagas recurriendo al llamado «humazo»: se vaciaba el barco entero, se cerraban las escotillas y se ahumaba todo el interior calentando mercurio en unos hornillos. Así morían todas las cucarachas… ¡pero no sus huevos!

28 Una carga mínima

Cargaban pocos cañones y lo más ligeros posibles. Lo más importante era garantizar que el barco maniobrara con facilidad y a gran velocidad, ¡y que hubiera espacio para almacenar el botín!

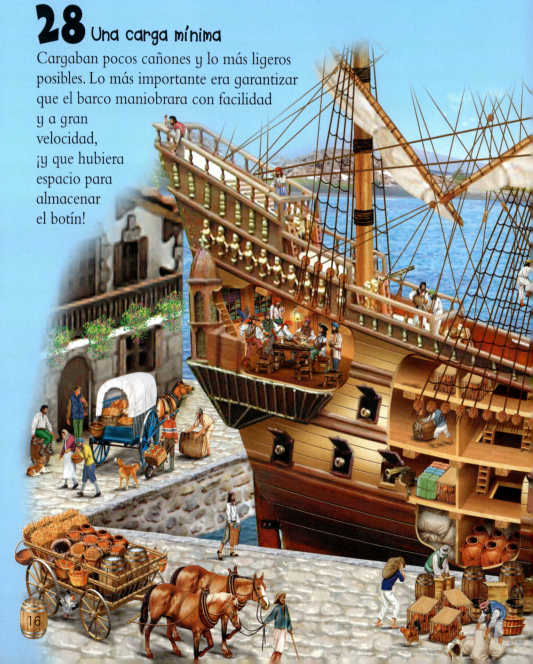

29 Peso bien repartido

Toda la carga era almacenada en las bodegas del barco, tratando de mantener lo más pesado en el fondo y repartiéndola de forma que aumentase la estabilidad de la embarcación. La pólvora era lo único que se guardaba cerca de cubierta, para protegerla de la humedad y para tenerla siempre a mano para cargar los cañones.

30 Los piratas prodigaban mimos...

... ¡pero solo a sus barcos! La mayor parte del tiempo la tripulación se dedicaba a mantenerlos bien cuidados. ¡Unas velas y unos aparejos en perfecto estado podían marcar la diferencia en una persecución! Incluso cada cierto tiempo limpiaban una capa de algas y moluscos que se adherían al casco de la nave, lo que les permitía adquirir más velocidad en travesía.

El capitán y su camarote

31 Los dominios del capitán

El camarote del capitán era respetado por la tripulación. Era el lugar donde se reunía con su hombre de confianza, el primer oficial, para tratar los asuntos más importantes. Había capitanes desordenados y rudos, cuyos deslucidos camarotes olían a ron y sudor, y los había también coquetos y cuidadosos, como los típicos caballeros ingleses.

32 Con vistas al mar...

Su camarote estaba en la zona trasera del barco, bajo el puente de mando. Solía tener una mesa grande para extender mapas y un catre cómodo. Algún capitán, como el elegante Calicó Jack, tenía además un generoso armario donde guardaba sus prendas más preciadas. ¡Algunos piratas eran muy presumidos!

33 ¡No molesten!

Ningún otro miembro de la tripulación tenía un camarote propio, pero es que el capitán necesitaba tranquilidad para pensar... ¡Era el responsable militar!

34 ¿Un tocador en el camarote?

Un tocador, como los actores, es lo que tenía el pirata Barbanegra. Antes de abordar un barco, se ataba al pelo y al sombrero unas mechas de cañón de combustión lenta, ¡y las encendía! Se hacía trenzas en la larguísima barba y se ataba cintas de colores. Salía de su camarote con un aspecto impresionante: 6.4 pies (1.95 m) de altura, la cabeza humeante y seis pistolas en el cinto...

35 Imprescindible

En el camarote no podían faltar una botella de ron, una brújula y un catalejo para observar el mar a través de los ventanales de popa. Para iluminarlo por la noche se usaban velas y candiles.

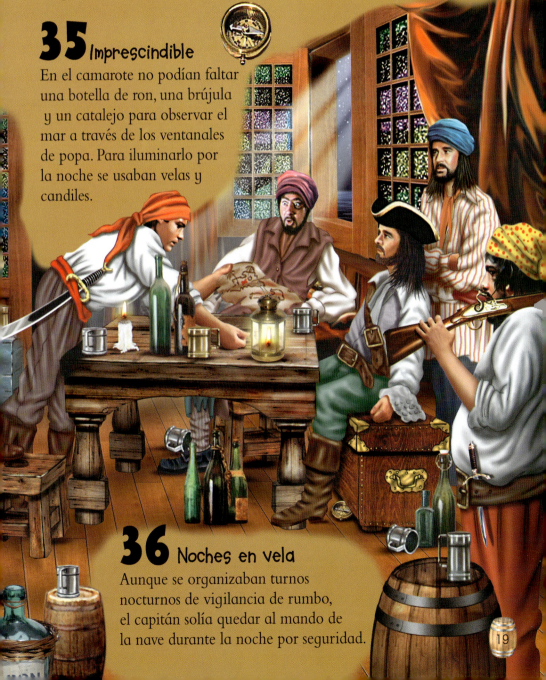

36 Noches en vela

Aunque se organizaban turnos nocturnos de vigilancia de rumbo, el capitán solía quedar al mando de la nave durante la noche por seguridad.

Tormentas indómitas

37 El mayor de los temores

Si había algún peligro que asustase de verdad a un capitán, este era la cercanía de una tormenta. Como las embarcaciones piratas solían ser pequeñas, una tormenta tropical podía hacerlas trizas y provocar su naufragio.

38 ¡Qué mareo!

Cuando la mar estaba brava todos los marineros sufrían las consecuencias… El vaivén era tan intenso y violento que hasta el más experimentado marino corría el riesgo de acabar con el estómago descompuesto.

39 Olas gigantescas

En el Caribe, durante una tormenta violenta se pueden registrar olas de entre 82 y 98 pies (25 y 30 m) de altura… ¡Tan altas como un edificio de 10 plantas! Estas olas colosales podían engullir embarcaciones enteras.

40 ¡Agárrense!

Ante una gran tormenta había que quedarse en cubierta y agarrarse bien fuerte a algún cabo asegurado para no caer al mar. Si alguien se quedaba en la bodega corría el riesgo de ser aplastado por la mercancía que transportaba el barco.

¿SABÍAS QUE...?
Las ráfagas de viento de un huracán tropical pueden llegar a superar las 185 millas (300 km) por hora.

41 ¡Arríen las velas!

Antes de que la tempestad se les echase encima del todo, los marineros debían subir a los mástiles para plegar las velas y dejarlas aseguradas. Esto se hacía porque los fuertes vientos podían llegar a romper el mástil, averiar los aparejos… ¡e incluso llevar el barco a pique!

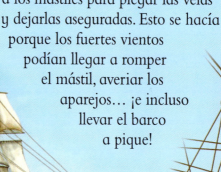

42 Horas de dura lucha

Una gran tormenta podía durar varias horas y el capitán y sus marineros debían trabajar duro y sin descanso para gobernar la nave y evitar el naufragio. Eran horas tensas y extenuantes en las que la muerte rondaba a cada golpe de mar y de viento…

43 Tres meses fatídicos

Los meses de agosto, septiembre y octubre son los más propensos a los huracanes y tormentas tropicales en el Caribe. Durante esos tres meses la probabilidad de tener que enfrentarse al mal tiempo era grande y los piratas preferían atacar ciudades costeras en lugar de navegar por alta mar.

44 La peor de las torturas

El viento y el mar rugían de forma ensordecedora y enmudecían cualquier grito de auxilio. Las corrientes alocadas arrastraban todo a su paso y en un segundo las olas gigantes sepultaban con toneladas de agua a los tripulantes que caían al mar. Si, además, la tormenta arrastraba el barco hasta la costa, las olas lo lanzaban una y otra vez contra las rocas haciéndolo pedazos. Los hombres que caían al agua eran mutilados a cada embestida…

45 Pillados por sorpresa

Se cree que la actividad de los huracanes en el Caribe durante los siglos XVI y XVII no era tan furiosa como hoy en día y precisamente por eso las grandes tormentas pillaban a los barcos por sorpresa. ¡A principios del siglo XVI una sola tempestad mandó al fondo del mar nada más y nada menos que a 20 naves!

El fragor de la batalla

46 ¡Terror en el horizonte!

Si había algo que amedrentaba a los barcos mercantes de la época, incluso cuando iban escoltados por navíos de guerra, era la aparición de otra nave en el horizonte, porque siempre existía el peligro de que se tratase de piratas. ¡Los temían tanto o más que a los huracanes!

47 ¿Qué bandera es esa?

La bandera pirata más conocida es la *Jolly Roger*, que generalmente representa una calavera sobre dos tibias cruzadas. Pero lo cierto es que cada capitán usaba su propia variante. Se trataba de una «tarjeta de visita» que con el tiempo podía llegar a infundir terror y respeto en sus víctimas potenciales.

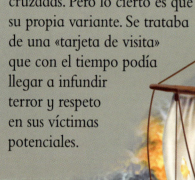

48 La más sanguinaria

Las banderas piratas de color rojo simbolizaban
la sangre y declaraban sin ninguna duda sus
intenciones resumidas en un lema: «No se
perdonará una vida, no se harán preguntas».
Estas banderas generaban pánico, pero incitaban
a las víctimas a ofrecer la mayor resistencia antes de rendirse,
por lo que en ocasiones la batalla conducía al hundimiento
del barco y a la pérdida del botín.

¿SABÍAS QUE...?

La deserción del barco durante
una batalla estaba castigada con
la muerte o con el abandono del
cobarde a su suerte en el mar...

25

49 El abordaje perfecto

Si un capitán tenía la reputación de ser benévolo con la vida de sus víctimas, pero sanguinario si se le enfrentaban, comenzaban a crecer los botines que atesoraba: los barcos mercantes, al reconocer su bandera, solían rendirse esperando así salvar la vida. ¡Entonces no era necesario disparar un solo cañón y se conseguía apresar el botín intacto!

50 Para empezar, la artillería

Si el navío que se quería abordar no se rendía, el barco pirata izaba su bandera de ataque y se preparaba para librar una batalla. Normalmente más rápidos y ágiles, era cuestión de tiempo que neutralizaran a su objetivo disparando cañonazos a su palo mayor y su aparejo, obligándole a detenerse. ¡El objetivo era detenerlo, no destruirlo!

51 Un trabajo para corsarios

Los navíos mercantes cargados de plata y oro solían viajar escoltados por buques de guerra que hacían muy difícil su captura. Los piratas gobernaban naves solitarias, como mucho agrupadas en parejas, y no atacaban estos barcos porque solían estar en inferioridad de condiciones. No era el caso de los corsarios, que, al estar «patrocinados» por una nación, solían disponer de pequeñas flotas para realizar sus saqueos.

52 Antes de abordar

Con cuerdas y garfios trataban de unir las dos embarcaciones para el abordaje; pero antes usaban unos pequeños cañones situados en cubierta, llamados pedreros, para disparar metralla y despejar el lugar de enemigos. A continuación entraban con fiereza a conquistar el barco.

53 ¡Al abordaje!

Normalmente se asaltaba el barco y un grupo de piratas rompía el velamen con hachas y alabardas mientras que otro entraba en combate cuerpo a cuerpo. Empuñaban pistolas y mosquetes como primera opción y, como solo tenían una bala por pistola y se tardaba en recargar, después continuaban la lucha con armas blancas.

54 La pólvora mojada no servía para nada.

El mayor problema de las armas de fuego era que la humedad a bordo era grande. Si se mojaba la pólvora ya no se podía disparar y por eso la cuidaban mucho. La solían conservar bien seca en cuernos con una boquilla delgada que permitía recargar las armas.

55 Distintas armas de fuego

La pistola era pequeña y manejable, pero no muy precisa, así que era útil solo a corta distancia. El arcabuz era parecido a un rifle y tenía un alcance de solo de solo 165 pies (50 m), ¡pero podía perforar una armadura! El mosquete era más largo y ligero que el arcabuz y además ofrecía más precisión y alcance. Servía para atacar al barco enemigo durante la aproximación para abordarlo. Al primero que se apuntaba era al timonel.

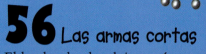

56 Las armas cortas

El hacha de abordaje servía para romper e inutilizar las velas, evitando así la posible huida del barco, aunque también era contundente en el combate cuerpo a cuerpo. El alfanje era una espada corta de hoja curva y ancha, parecida a un sable; era el arma más usada en los abordajes. La daga era más grande que un puñal y más pequeña que una espada, y resultaba muy útil en los abordajes porque era muy manejable en caso de tener poco espacio.

57 Las armas largas

Alabarda y espontón… ¡qué nombres más raros! Eran lanzas de unos 6.5 pies (2 m) de largo que se usaban más en los ataques en tierra firme. El chuzo, por su parte, era una lanza muy rudimentaria que consistía en un asta de madera con una punta de hierro.

58 Trucos de combate pirata

La mayoría de los marineros de los cargueros caminaban descalzos por cubierta y los filibusteros, sabiéndolo, arrojaban una especie de chinchetas de varias puntas que dificultaban sus movimientos al herirles los pies en el momento del abordaje.

59 ¿Bombas de mano?

Algunos piratas sabían cómo elaborar rudimentarias bombas de mano llenas de metralla y las usaban para tirarlas al barco enemigo justo antes de abordarlo. Estas bombas mantenían a los enemigos a resguardo dando tiempo a los piratas para saltar al barco enemigo de manera segura.

60 Derroche de vidas

Cada abordaje traía consigo muerte y destrucción. Y los piratas no hacían prisioneros... ¡a no ser que se tratase de personalidades por las que pudieran pedir un buen rescate! Muchos hombres quedaban mutilados de por vida y si algunos soldados enemigos se rendían, los asesinaban o los abandonaban en una balsa en medio del mar.

61 Hermanos de combate

Algunos filibusteros se hermanaban, de manera que durante
el combate se ofrecían defensa y apoyo mutuo. Las normas
eran claras: si uno de ellos abandonaba al otro en combate…
¡el resto de los piratas lo ajusticiaría en la horca!

62 Orgullo militar

En ocasiones, cuando un convoy de varias naves mercantes estaba a
punto de perder una con un cargamento valioso, los mandos daban
la orden de hundir su propia nave. ¡Preferían perder la nave antes que
entregar su mercancía! Esto enfurecía a los piratas
y los corsarios, que terminaban
ensañándose con sus
enemigos.

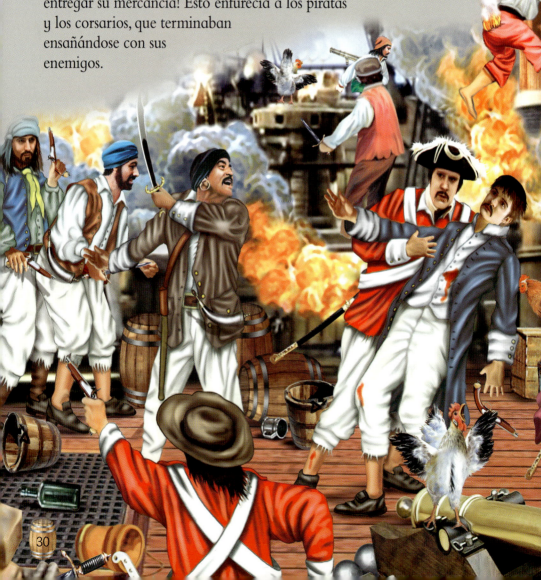

63 ¡De prisionero a capitán!

A veces los piratas invitaban a los marineros de los barcos apresados a unirse a la tripulación y convertirse en uno de ellos. Bartholomew Roberts, por ejemplo, llegó a ser uno de los piratas más famosos del Caribe pese a que cuando lo capturaron se negó a convertirse en pirata. ¡Con el tiempo terminó siendo capitán de la misma nave que lo apresó!

64 Privilegios y premios

A los miembros más valerosos de la tripulación los piratas les ofrecían una serie de privilegios y premios a la hora de repartir el botín. Las hazañas más comunes que recibían premio eran: ser el primero que pusiese pie en barco enemigo, ser el primero en avistar en el horizonte a un barco mercante y abatir al mando de la nave asaltada provocando la rendición.

65 Además del botín...

Para el capitán había una cosa que a veces era incluso más preciada que las riquezas que pudiesen saquear: las cartas de navegación. En esa época cualquier mapa detallado podía abrir nuevas rutas que interceptar y ampliaba el campo de acción de los piratas.

31

Motín a bordo

66 La moral minada

Un capitán debía cuidar que sus hombres mantuviesen la moral alta. La escasez de comida y agua, las enfermedades y los largos períodos en el barco iban deteriorando el espíritu de la tripulación. El ron ayudaba a mantenerlos calmados, pero cuando se acababa algunos piratas comenzaban a conspirar contra el capitán...

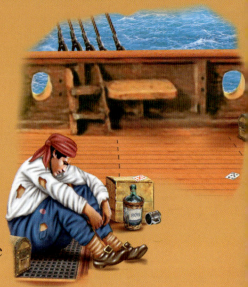

67 Era importante actuar con rapidez.

Para que un motín prosperase había que neutralizar al capitán, al contramaestre y a sus hombres de confianza, lo que no era difícil si la tripulación estaba descontenta. Se les detenía y encadenaba para luego abandonarlos en algún puerto… ¡o en una isla desierta si estimaban que merecían un castigo severo!

68 Una decisión arriesgada

Cualquier tripulante de un barco pirata debía estar muy seguro antes de amotinarse, porque si no era secundado por una gran parte de sus compañeros… ¡la muerte podía ser su destino! En ocasiones simplemente se castigaba a los amotinados con una serie de latigazos, pero un capitán no solía ser tan benévolo si el motín era motivado por la codicia y no por otras razones más comprensibles.

69 Momentos tensos

Tras un abordaje difícil había muchos muertos y heridos de gravedad. El cirujano trabajaba afanosamente amputando miembros y tratando heridas graves; la escena en cubierta era desoladora. Aunque la mayor parte de los piratas había tomado libremente la decisión de embarcarse, en estos momentos la duda y el miedo se apoderaban de los más débiles.

70 Paradas para calmar los ánimos

Un buen capitán se anticipaba a la tensión que crecía en su tripulación. Si había heridos en el barco o pocos víveres, debía realizar una parada en Jamaica, en la isla de la Tortuga o en Bahamas, fundamentalmente para permitir que sus hombres se relajaran en las tabernas.

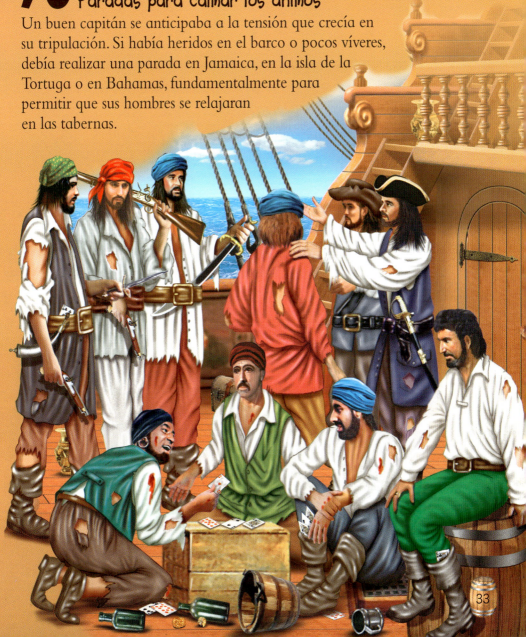

¡Tierra a la vista!

71 Las mejores noticias

Para una tripulación diezmada, exhausta y desmoralizada no había nada mejor que avistar tierra firme. ¡Por fin! Agua dulce y fresca, frutas tropicales y espacio más que suficiente para dormir una buena siesta con tranquilidad se convertían en los más preciados lujos para los maltrechos marineros.

72 Una isla secreta

Debido a la poca exactitud que solían tener los mapas de navegación que usaban, a veces se pasaban días buscando un destino concreto sin dar con él. De vez en cuando incluso se encontraban con una pequeña isla desierta por casualidad… ¡y la convertían en su isla secreta!

73 Toda precaución es poca…

Una vez cerca de una isla los piratas debían inspeccionar la costa y asegurarse de que era seguro desembarcar… ¡al fin y al cabo, eran proscritos y debían tener cuidado! Rodeaban la isla discretamente y buscaban indicios de amenazas y actividad reciente.

¿SABÍAS QUE...?

Usaban un parche durante la batalla
para tener un ojo acostumbrado
a la intensa luz del sol y otro a la
oscuridad de la bodega: ¡así no
perdían tiempo en habituar la vista!

74 ¡Cuidado, arrecifes!

Cuando se aproximaban a una isla tenían que tener especial cuidado con los arrecifes, que eran bancos de arena o rocas a poca profundidad que se formaban alrededor de algunas islas. En los días con niebla era fundamental ser muy cautelosos porque podían terminar encallando.

75 ¿Dónde anclamos el barco?

Lo ideal era que la isla en cuestión tuviera un pequeño golfo donde poder fondear la embarcación y ocultarla a la vista de otros barcos que navegasen por esas aguas. Si una nave de la armada española llegase a vislumbrar un navío pirata y reconocerlo, se lanzaría inmediatamente al ataque…

76 Piratas exploradores

Antes de desembarcar en la isla con total tranquilidad, se enviaba a un grupo de exploradores elegidos por el capitán para adentrarse en ella e investigar si estaba habitada y si había agua y caza.

77 ¡Carne fresca para todos!

Después de varias semanas de travesía, los víveres
solían escasear y la carne se había acabado.
En muchas islas, si era la época idónea, se podían
encontrar tortugas gigantes y entonces se daban
un festín y reponían sus reservas de carne.
El hígado de este animal era considerado un
manjar entre los piratas y la sopa de tortuga
era uno de sus platos favoritos.

78 Y para redondear el menú...

En las islas caribeñas se podían surtir de una gran
variedad de carne: monos y serpientes eran los
animales más comunes para variar un poco
la dieta, pero también podían
cazar algunas aves.

79 Había que mantenerse alerta

Aunque la isla encontrada estuviese desierta,
el barco permanecía con la mayoría de sus
tripulantes a bordo. Había que estar siempre
listos para cualquier contratiempo,
tanto para salir a perseguir un
carguero que se divisase a lo
lejos como para escapar si
aparecían barcos de guerra.

Mitos y leyendas

80 Una visión romántica

La literatura y el cine han forjado una imagen de los piratas, sobre todo en el Caribe, bastante distorsionada respecto a la realidad. Casi todos los piratas eran mercenarios sanguinarios, ¡gente ruda y violenta que no se detenía ante nada con tal de robar las riquezas de los demás!

81 Barcos fantasma

Los marinos siempre han sido extremadamente supersticiosos y las historias de barcos fantasma despertaban entre los piratas un miedo irracional. *El holandés errante* es quizás el más famoso de los barcos fantasma, un navío capitaneado por un holandés que traía la muerte a todos los marinos de los barcos que se cruzaran con él...

82 ¿Tesoros escondidos?

¡Nunca! La vida de un pirata era muy incierta y corta, tanto que en lo último que pensaban era en guardar alguna riqueza para el futuro. Cada botín robado lo gastaban inmediatamente en los principales puertos piratas y, salvo alguna forzosa excepción, no enterraban sus tesoros ni los guardaban en cuevas.

83 El pirata sin cabeza

Se cuenta que dos piratas, a escondidas de su tripulación, se hicieron con un magnífico tesoro que enterraron junto a un río cercano al mar. Uno de ellos asesinó al otro, que era hijo del diablo, y le cortó la cabeza… pero el diablo lo poseyó y se levantó persiguiendo al traicionero pirata, que huyó para siempre. Desde entonces se dice que aparece con la luna llena esperando a toda la tripulación para repartir el tesoro.

84 Inspirados en Barbanegra

Muchos de los piratas del cine y de la literatura están inspirados en Edward Thatch, Barbanegra. Este pirata, desde luego, se salía de lo común: era culto, tenía buen gusto y un gran carisma. Piratas de ficción como Jack Sparrow, protagonista de *Piratas del Caribe*, o el capitán Garfio, del libro *Peter Pan* de J. M. Barrie, se inspiran en este increíble personaje.

85 ¿Historias de amor con piratas?

En las películas estamos acostumbrados a ver cómo una dama noble se enamora de un pirata al que, sorprendentemente, le saca su lado más romántico… ¡Pero la verdad es que eran tremendamente machistas y maltrataban a todas las mujeres que caían en sus manos!

Identidad pirata

86 Port Royal, meca de piratas

En Jamaica hubo un puerto que durante el siglo XVII fue un nido de piratas: Port Royal. Los ingleses controlaban la isla, pero como no podían defenderla, se incentivó la llegada de piratas y corsarios. Estos la controlaron mucho tiempo y la hicieron a su medida… ¡Llegó a tener una taberna por cada diez habitantes!

87 La isla de la Tortuga

Desde tiempos de Colón muchos esclavos, aventureros y fugitivos se establecieron en La Española, isla que hoy comparten Haití y la República Dominicana, y comerciaron con carne ahumada. Pero en 1620 los españoles los expulsaron a la vecina isla de la Tortuga, donde establecieron la Cofradía de los Hermanos de la Costa, origen de la hermandad pirata más importante del Caribe.

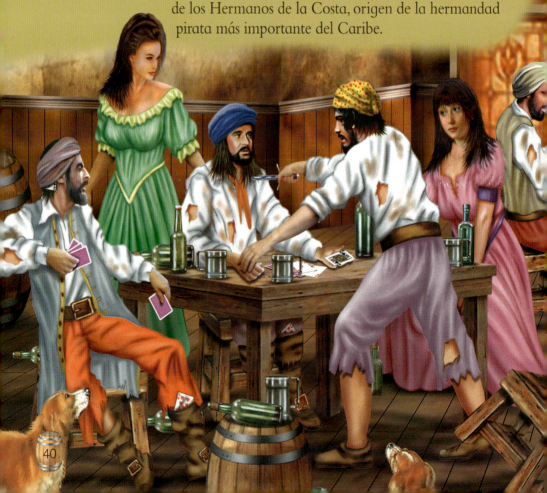

88 ¡Incluso tenían leyes propias!

En la isla de la Tortuga los miembros de la Cofradía de los Hermanos de la Costa elaboraron unas leyes fundamentales: en la isla no había prejuicios por nacionalidad ni religión; no existía la propiedad privada de la tierra; se respetaba la libertad individual; no había obligaciones ni castigos y se podía abandonar la hermandad en cualquier momento; no se admitían mujeres a excepción de las esclavas; se dispuso una cantidad como indemnización para quienes resultaran heridos o lisiados.

89 Derechos y deberes

Realmente cada embarcación tenía sus propias normas, dictadas por su capitán, en las que se establecían los derechos de los piratas, los castigos por desertar o robar y las obligaciones de mantener siempre el armamento limpio y a punto para el combate.

90 ¡Lección para los criminales!

Cuando un pirata era capturado por ingleses, franceses o españoles, solía tener un mismo final: la horca. Tras la ejecución se llegaba incluso a exhibir su cabeza a modo de advertencia para cualquiera que se estuviese planteando enrolarse como pirata…

91 Barcos comunes

La Cofradía de los Hermanos de la Costa decidió que todo barco que atracara en la isla pasaba a ser propiedad de todos y estaba disponible para quien lo necesitara. Este método funcionó durante mucho tiempo y contribuyó a convertir la isla de la Tortuga en una auténtica leyenda.

92 ¡Menudo castigo!

Uno de los castigos más terribles consistía en atar al prisionero al extremo de una cuerda y pasar el otro extremo por debajo del barco; entonces lo empujaban al agua y tiraban con fuerza de la cuerda haciendo que el pobre hombre se desgarrase la piel con los moluscos que había adheridos al casco y con las cabezas de clavo que sobresalían de la madera.

93 Cosas de las películas

Obligar a un traidor o a un prisionero a saltar desde una pasarela a un mar lleno de tiburones es una invención del cine…

Los piratas eran más rudos y si querían deshacerse de alguien no se andaban con rodeos y lo mataban directamente.

¿SABÍAS QUE…?

Estaba prohibido apostar dinero a bordo.

94 ¡Implacables!

Los desertores que delataban a sus compañeros eran perseguidos hasta el final y generalmente encontraban la muerte a manos de los piratas. A veces, sin embargo, el castigo aplicado consistía en cortarles las orejas y la nariz y dejar que viviesen así mutilados: todo el mundo sabría que eran unos traidores.

95 Abandonado en una isla

El llamado *maroon* era un castigo pirata ejemplar… Consistía en abandonar al condenado en una pequeña roca en medio del océano y lejos de las rutas de navegación. Tan solo le dejaban agua, ron, un arma de fuego con una bala y pólvora. ¡El condenado casi siempre acababa emborrachándose y suicidándose!

96 Mujeres piratas

Pese a que estaba prohibida su presencia en cualquier tripulación, hubo varias mujeres que pasaron a la historia como valientes piratas. Las más conocidas del Caribe fueron Anne Bonny y Mary Read; ambas navegaron junto al capitán John Rackham, conocido como Calicó Jack.

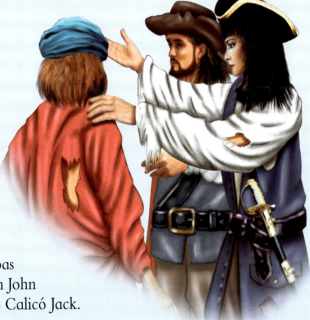

97 Anne Bonny

Esta pirata tenía un genio endiablado y manejaba las armas mejor que la mayoría de los hombres. Se enamoró de Calicó Jack y se hizo famosa por sus hazañas. Cuando en 1720 su barco fue capturado por sorpresa, Anne Bonny, Mary Read y su capitán fueron los únicos que lucharon en cubierta mientras sus compañeros se emborrachaban en las bodegas.

98 Mary Read

Calicó Jack apresó a esta mujer en uno de sus abordajes, pero iba disfrazada de hombre: no se dio cuenta y la aceptó como parte de su tripulación. Anne Bonny no tardó en descubrir su disfraz, pero la aceptaron igual y mantuvieron su secreto. Con el tiempo las dos mujeres asumieron el verdadero mando del barco, aunque Calicó Jack siguió siendo el capitán.

99 Devorado vivo

Jean-David Nau, el Olonés, fue un filibustero que a mediados del siglo XVII se hizo notar por todo el Caribe. Era conocido por su extremada crueldad con los prisioneros… ¡Llegó incluso a pasar a cuchillo a todos los tripulantes de uno de los barcos que asaltó! Los caníbales de Panamá vengaron a todas sus víctimas apresándolo y devorándolo vivo.

100 Henry Morgan

Fue un filibustero galés que se dedicó
fundamentalmente a saquear ciudades.
En el Caribe saqueó Puerto Príncipe,
Portobelo y la ciudad de Panamá,
entre otras. ¡Era un excelente estratega!
Curiosamente, pese a ser un pirata,
Carlos II de Inglaterra lo nombró
caballero y sus últimos años los dedicó a
la política y a perseguir piratas.

¿SABÍAS QUE...?

En 1692 un terremoto
sacudió Port Royal
hundiendo una gran parte
de la barrera de arena que
sustentaba la ciudad. Murieron
cerca de 3,000 personas.

101 La decadencia de la piratería

En 1716, según cálculos británicos, el número de piratas que surcaban
las aguas caribeñas era de unos 2,000 hombres. A partir de entonces
fueron perseguidos masivamente, sobre todo por los corsarios ingleses
y la armada británica, hasta
casi borrarlos del mapa.
¡Se estima que en 1725
ya solo quedaban
unos 200 piratas!

Índice